RETRAITES, L'IMPOSSIBLE RÉFORME

2, rue Etienne Marey
75020 Paris

ISBN : 978-2-49164-902-9

PIERRE-ÉDOUARD DU CRAY

RETRAITES, L'IMPOSSIBLE RÉFORME

L'ARTISAN

Introduction

La réforme des retraites en cours et suspendue *sine die*, avait pour objectif initial d'instituer un régime de retraite universel par répartition, commun à l'ensemble des Français. À lire l'exposé des motifs du projet de loi ordinaire[1] qui a été présenté à l'Assemblée nationale le 24 janvier 2020, il s'agirait plus précisément de fusionner quarante-deux régimes de retraite obligatoire – régimes de base et complémentaires – au sein d'un système unique géré en répartition et fonctionnant par points. Un régime à cotisation définie et donc structurellement à l'équilibre, un régime entièrement contributif où chaque euro cotisé ouvrirait les mêmes droits à la retraite.

---

[1]Projet de loi n° 2623, du 24 janvier 2020, instituant un système universel de retraite, présenté par Agnès BUZYN, ministre des solidarités et de la santé et par Laurent PIETRASZEWSKI, secrétaire d'État chargé des retraites.

Avant que la crise sanitaire liée au coronavirus ne suspende la procédure parlementaire, la réforme était cependant mal engagée :

- malgré deux ans et demi de concertation, les syndicats demeuraient très hostiles au projet sans pour autant proposer de solution crédible ;
- le haut-commissaire à la réforme, Jean-Paul Delevoye, qui pilotait le projet depuis le début du mandat présidentiel, avait démissionné de ses fonctions, semblant laisser le navire-amiral sans boussole ;
- le Conseil d'État avait rendu un avis[2] très critique au gouvernement. Les magistrats avaient en effet indiqué ne pas avoir eu le temps de « garantir au mieux la sécurité juridique » de cette réforme, puis déploré des « projections financières lacunaires » et un recours aux ordonnances qui faisait « perdre la visibilité d'ensemble » ;
- les parlementaires avaient été peu informés des enjeux de la réforme et de ses modalités techniques. Les textes des pro-

[2] Conseil d'État, section sociale, *avis sur un projet de loi organique et un projet de loi instituant un système universel de retraite*, délibérations n° 399.528 et n° 399.529, assemblée générale des jeudis 16 et 23 janvier 2020.

jets de loi manquaient de clarté, les travaux préparatoires indispensables pour accompagner les réformes de cette ampleur étaient inexistants, l'étude d'impact qui avait été transmise au Parlement était incomplète et peu précise. Enfin, le gouvernement avait rapidement déclenché la procédure de l'article 49-3 de la Constitution, mettant ainsi un terme prématuré au débat et au vote à l'Assemblée nationale[3] ;
- beaucoup de dérogations et de compensations avaient déjà été accordées à certains régimes spéciaux, partiellement ou intégralement épargnés par la réforme, dénaturant ainsi son objectif originel d'institution d'un régime universel.

Les obstacles qu'a connus la réforme en cours ont plusieurs causes. Il y a évidemment les oppositions politiques traditionnelles, en particulier syndicales, qui ont systématiquement marqué les réformes des retraites passées, mais aussi de l'impréparation, en dépit des deux années et demi d'auditions qui ont été conduites par le haut-commissariat à la réforme des retraites. Il y a certes eu

[3] Seuls huit articles sur soixante-cinq ont été débattus.

beaucoup de communication, mais la forme semble avoir définitivement pris le pas sur le fond. Or, une réforme d'une telle ampleur doit être minutieusement préparée et ne supporte pas les approximations, d'autant plus que la matière est dense et complexe et que les enjeux sont considérables : 325 milliards d'euros de dépenses publiques[4] pour près de 17 millions de retraités.

La réalité des retraites en France est mal appréhendée. Or, comme dans tout domaine, il est bien difficile d'arriver à bon port lorsque l'on ne sait pas à quel bord on est réellement embarqué et d'où l'on vient. Un premier exemple d'approximation assez grossière qui émaille le projet de réforme peut être donné : en effet, lorsque nous nous interrogeons sur les personnes et les institutions concernées par le régime universel en gestation, il n'y a pas de correspondance... D'un côté, le projet de loi évoque le fait que l'ensemble des Français, sans exception, sera affilié au régime universel ; d'un autre côté, cela doit se traduire par la

---

[4] Ce qui représente un quart de la dépense publique totale en France.

fusion de quarante-deux régimes de retraite obligatoires. Seul problème : il existe beaucoup plus que quarante-deux régimes de retraite obligatoires en France[5]... Dès lors se pose la question de savoir s'il était prévu que certains régimes ne seraient pas intégrés à la réforme, avant même que les projets de loi ne soient présentés au Parlement. Dans l'affirmative, lesquels ? Le plus probable, c'est que la volonté initiale était bien d'intégrer tous les Français dans le régime universel. Le décompte des régimes obligatoires serait donc simplement erroné. Mais il ne s'agit que d'une supposition. Par ailleurs, l'avis rendu par le Conseil d'État est venu jeter un trouble, puisque les magistrats ont clairement fait remarquer que le projet de loi ne créerait finalement « pas un régime universel de retraite qui serait caractérisé, comme tout régime de sécurité sociale, par un ensemble constitué d'une population éligible unique, de règles uniformes et d'une caisse unique (...), mais d'un système universel à l'intérieur duquel existent cinq régimes ». Enfin, pour enfoncer le clou, bon

[5] Une liste de soixante-trois régimes figure en annexe, sans prétendre à l'exhaustivité.

nombre de régimes spéciaux ont obtenu la garantie de leur maintien depuis la publication de cet avis.

En s'attelant à un tel projet, les artisans de la réforme ont été confrontés à une difficulté majeure qu'ils semblaient ignorer ou, du moins, qu'ils ont largement sous-estimé : contrairement à ce qu'assène une « littérature » convenue de l'administration publique, il n'existe pas un grand système de sécurité sociale de retraite, en France, géré en répartition, dont le seul point d'hétérogénéité serait d'être composé de quarante-deux régimes de même nature dont les règles seraient parfois variables. La réalité est beaucoup plus complexe. Il n'existe pas un, mais plusieurs systèmes de retraite de natures très différentes, eux-mêmes composés de plusieurs régimes dont les modalités de gestion et les logiques sont souvent diverses. Les régimes obligatoires peuvent être gérés en répartition, être budgétisés ou encore recourir intégralement ou partiellement à la capitalisation ; ils fonctionnent en annuités ou par points ; ils sont à cotisation définie ou à prestation définie ; ils couvrent l'intégralité des besoins par le biais d'une seule prestation retraite ou assurent simplement une couverture de base ou une couverture complémentaire ; ils servent des rémunérations ou alors des prestations sociales, ce qui n'a pas les mêmes incidences juridiques, etc.

L'Histoire explique en grande partie cette diversité des régimes. En fonction des époques et des secteurs dans lesquels ils ont été institués, ils répondent à des nécessités et à des objectifs variés. Cela ne signifie pas que certains modèles ne soient pas dépassés et que tout doive être religieusement conservé, bien au contraire... Mais seule l'analyse de cette diversité peut permettre de réaliser avec succès une réforme réaliste et sérieuse. Or, ce travail n'a jamais été réellement accompli dans le cadre des réformes.

Dans son rapport déjà ancien sur « L'avenir de nos retraites[6] », Jean-Michel Charpin est

---

[6] Jean-Michel CHARPIN, *L'avenir de nos retraites*, rapport au Premier ministre, Commissariat général au Plan, La documentation française, 1999, p. 20 à 22.

un des rares auteurs à avoir tracé une brève esquisse des diverses conceptions de la retraite qui ont modélisé les systèmes de retraite français. Cette esquisse mérite d'être développée.

Dans une conception statutaire, la retraite est considérée comme la récompense d'un service rendu et appréhendée « comme le prolongement de la période d'activité[7] ». Les pensions sont alors qualifiées de « salaire d'inactivité ou de traitement différé[8] ». Dans ce cas, la pension est une forme de rétribution. Elle est le fruit d'un service rendu. Elle est calculée en proportion du dernier salaire et elle est financée, le plus souvent, directement ou indirectement par l'employeur ; donc, *in fine*, par l'usager ou le contribuable, puisque cet employeur est généralement en situation de monopole.

Dans une conception assurantielle, au contraire, la retraite est une prestation servie en raison des cotisations qui ont été versées. La pension est le fruit d'une contribution. À l'origine, son objectif était d'assurer un minimum vital au retraité. Puis, assez

---

[7] Idem p. 21.

[8] Ibidem.

rapidement, se sont développés des compléments à cette première pension, eux-mêmes fondés sur une logique assurantielle. À l'origine, toujours, ces régimes étaient gérés en capitalisation, puis beaucoup ont basculé en répartition[9]. Dans une conception patrimoniale, enfin, la retraite est libre et n'est pas organisée collectivement. Elle est naturellement capitalisée.

En somme, aujourd'hui encore, deux grandes conceptions de la retraite caractérisent les systèmes de retraite français : la conception statutaire (I) et la conception assurantielle et patrimoniale (II).

[9] Et d'autres, plus récents, ont été créés directement en répartition.

CHAPITRE 1

LA CONCEPTION STATUTAIRE DE LA RETRAITE

La conception statutaire de la retraite trouve sa consécration dans les régimes spéciaux[10]. Encore nombreux malgré les réformes, ces régimes demeurent difficiles à répertorier mais disposent de caractéristiques communes qui les distinguent des régimes de droit commun.

---

[10] Selon l'article 17 al. 2 et 3 de l'ordonnance du 4 octobre 1945 qui a institué la sécurité sociale dans sa forme moderne, les régimes spéciaux sont les régimes de retraite obligatoires qui existaient antérieurement à cette même ordonnance mais qui ont refusé l'intégration au régime général de sécurité sociale. En ce sens, ils se distinguent des régimes autonomes des indépendants – artisans, commerçants, exploitants agricoles – et des professions libérales qui, eux non plus, ne sont pas intégrés au régime général, mais dont la création est postérieure. Par ailleurs, ces derniers régimes ne répondent pas à une logique statutaire.

Genèse et évolution des régimes spéciaux

Les régimes spéciaux sont une survivance de l'époque où il n'existait pas de protection sociale obligatoire et généralisée et où les administrations publiques – au premier chef l'État – et certaines entreprises souhaitaient mettre sur pied, au profit de leurs propres employés, un régime de pension permettant de récompenser le personnel en versant une pension de vieillesse si un certain nombre d'années de service avaient été réalisées, ou une pension d'invalidité en cas d'accident du travail. Pour l'employeur, cet avantage social permettait de fidéliser sa main d'œuvre. La pension était donc une gratification, elle était présentée comme la garantie d'un revenu pour le foyer de l'employé devenu invalide ou trop âgé pour travailler. En contrepartie de son travail et de sa fidélité, l'intéressé recevait donc une rémunération mais bénéficiait également d'un statut, c'est-à-dire d'autres avantages lui permettant de sécuriser sa situation jusqu'au dernier jour de sa vie.

Les premiers régimes de retraite sont apparus sous l'Ancien régime. Ils étaient spéciaux par nature. C'est-à-dire que la retraite était accordée à une catégorie particulière de personnes pour des services risqués accomplis dans le cadre d'une politique générale. Au XVIIe siècle, c'était en particulier le cas des militaires, des marins de la marine royale qui ont alors bénéficié de la première caisse sur fonds de retenues, ou encore des mineurs. Au XVIIIe siècle, des systèmes de fonds de retenues se sont développés au sein de la Ferme générale. Ils préfiguraient, alors, le régime de retraite actuel des fonctionnaires[11]. À la Révolution, la loi du 22 août 1790, trop restrictive, a favorisé l'émergence de caisses autonomes, aux réglementations différentes, dans plusieurs administrations dont la gestion fut confiée, en 1816, à la Caisse des dépôts et consignations.

[11] Dans son ouvrage *Les Finances de l'Ancien Régime et de la Révolution*, René STOURM a rapporté que « les règlements édictés par l'ancienne Ferme en faveur de ses agents constituent, beaucoup plus que la loi de 1790, les véritables précédents de la législation actuelle » (tome II, Guillaumin et cie, 1885, p. 148).

Dans un élan mimétique, certaines institutions publiques se sont alors dotées à cette époque de leur propre régime de retraite : la Banque de France (1808), l'Assemblée nationale pour ses fonctionnaires (1811), la Comédie française (1812), ou encore l'Imprimerie nationale (1824).
Face à cette diversité de régimes, la première moitié du XIXe siècle a été marquée par plusieurs tentatives d'unification. L'une d'entre elles a abouti. Pour la première fois, le vocable « général » fut employé pour définir un régime de retraite unifié : la Caisse générale et commune des pensions de retraite des fonctionnaires. Mais cette unification ne concerna au bout du compte que les huit caisses de retraite du ministère des Finances. Elle eut lieu en 1825, sous la Restauration, à l'initiative du ministre des Finances, Villèle[12]. Les autres tentatives, plus ambitieuses par leur ampleur, échouèrent toutes[13], alors même que les dis-

---

[12] Ordonnance du 12 janvier 1825.

[13] Tentatives de la Commission Le PELETIER D'AUNAY en 1930, Commission BERENGER en 1833, projet HUMANN en 1834, projet DUCHATEL en 1837, projet LACAVE-LAPLAGNE en 1838, projet PASSY en 1840, projet HUMANN 2 en 1841, projet LACAVE-LAPLAGNE 2 en 1843, projet FOULD en 1851.

parités entre les différents droits à la retraite étaient souvent mal vécues au sein de la fonction publique – certains agents étaient couverts, d'autres moins et certains pas du tout – et que l'État était de plus en plus sollicité pour améliorer l'ordinaire ou compenser les erreurs de gestion : en 1830, les subventions représentaient déjà 15 % des dépenses de l'ensemble des caisses[14] et, une vingtaine d'années plus tard, en 1853, 60 %[15].

La généralisation et l'unification de l'ensemble des régimes de retraite des fonctionnaires civils de l'État a eu lieu dans le cadre de la loi du 9 juin 1853, adoptée sous le Second Empire, un peu plus d'un an après le coup d'État de Napoléon III. Comme le souligne la Cour des comptes dans l'un de ses rapports sur les pensions des fonctionnaires civils de l'État, cette loi a affirmé « les principales règles qui fondent encore aujourd'hui le régime de retraite des fonctionnaires civils[16] » :

---

[14] Voir, Guy THUILLIER, *Les pensions de retraite des fonctionnaires au XIX e siècle*, Comité d'histoire de la sécurité sociale, p. 71.

[15] http://www.senat.fr/evenement/archives/D32/1853.html

[16] Cour des comptes, rapport sur *Les pensions des fonctionnaires civils de l'État*, avril 2003, p. 15.

le montant de la pension était calculé à partir des traitements perçus en fin de carrière (au cours des six dernières année) ; une retenue du traitement (5 %) fut instituée sans qu'il n'y ait aucun lien entre le montant de cette retenue et celui de la pension ; une distinction fut opérée entre les fonctionnaires de la catégorie « active », qui pouvaient partir à la retraite à 50 ans et au bout de vingt-cinq années d'activité[17], et les fonctionnaires de la catégorie « sédentaire » qui, pour leur part, devaient attendre 60 ans et justifier d'au moins trente années de service. Le texte signé et promulgué par l'empereur - « Napoléon, par la grâce de Dieu et la volonté nationale[18] » -, a supprimé les vingt-quatre caisses existantes et a instauré une pension de vieillesse uniforme pour les 158 227 fonctionnaires rétribués par l'État, alors que, jusqu'ici, la moitié d'entre eux, près de 77 500 agents, était couverte par un régime. Si un régime général a été instauré, aucune caisse

[17] La catégorie « active » des fonctionnaires était alors beaucoup moins importante qu'aujourd'hui. Elle comprenait seulement certains agents des douanes, des contributions indirectes, des forêts de l'État et des postes.

[18] Bulletin des lois 1853, n° 54, p. 64.

commune n'a pour autant été créée, l'État s'est emparé des actifs des caisses qui en possédaient et les retraites ont à nouveau été intégralement budgétisées.

C'est depuis l'entrée en vigueur de cette loi de 1853, que les pensions des fonctionnaires de l'État sont d'ailleurs inscrites au grand livre de la dette publique. Enfin, la loi du 14 avril 1924 est venue améliorer les règles alors en vigueur[19].

Enfin, quatre années plus tard, la loi du 21 mars 1928 a instauré le Fonds spécial des pensions des ouvriers des établissements industriels de l'État (FSPOEIE) pour assurer un cadre de retraite commun à tous les ouvriers employés par l'État[20] .

Entre temps, plusieurs collectivités, entreprises ou institutions ont continué à s'inspirer

---

[19] En contrepartie du relèvement de la retenue de 5 à 6 % du traitement, la pension était calculée, non plus à partir des six dernières années de traitement, mais à partir des trois dernières, la revalorisation des pensions a été indexée sur celle des traitements, une bonification d'annuité a été accordée aux femmes et les mères de famille ont pu bénéficier d'une retraite anticipée si elles justifiaient d'au moins trois enfants.

[20] Les décrets n° 65-836 du 24 décembre 1965 et n° 67-711 du 18 août 1967 ont confié la gestion du FSPOEIE à la Caisse des dépôts et consignations, sous les tutelles du ministère du Budget et du ministère de la sécurité sociale.

du système de retraite de l'État pour établir d'autres caisses de retraite particulières. C'est le cas, notamment, de la Compagnie générale des eaux (1853), des compagnies de transports en commun - omnibus[21] ou chemins de fer [22] -, des chambres de commerce et d'industrie, des ports et des docks[23], de diverses professions de commerce et de service[24] ou, encore, de la Chambre des députés[25] et du Sénat[26] qui ont adopté un statut particulier pour les élus eux-mêmes.

---

[21] La Compagnie générale des omnibus, qui plus tard est devenue la Régie autonome des transports parisiens (RATP), s'est dotée d'un régime de retraite le 22 mai 1855.

[22] Dans la seconde moitié du XIXe siècle, les différentes compagnies de chemins de fer se sont dotées de régimes de retraite, puis la loi du 21 juillet 1909 a instauré un régime unifié pour les compagnies des grands réseaux.

[23] Régime de retraite du personnel titulaire du port autonome de Strasbourg (1873), caisse de retraite du personnel de la Compagnie des docks et entrepôts de Marseille (décret du 13 août 1938).

[24] Caisse autonome des retraites des personnels des forts des Halles, caisse de retraite des peseurs jurés de la ville de Dunkerque, caisse de retraite des peseurs, jaugeurs et mesureurs jurés de commerce de la ville de Marseille.

[25] Résolution de la Chambre des députés du 23 décembre 1904.

[26] Résolution du Sénat du 28 janvier 1905.

Après la Seconde Guerre mondiale, l'ordonnance n° 45-993 du 17 mai 1945 a créé un régime commun à l'ensemble des fonctionnaires territoriaux et hospitaliers : la Caisse nationale de retraite des agents des collectivités locales (CNRACL) qui reprit alors tous les engagements des régimes particuliers institués par certaines collectivités. L'article 31 de la loi n°48-506 du 21 mars 1946 a prévu un régime de retraite interne à la RATP et le décret du 11 juin 1950 a confirmé le statut des cheminots qui avait été établi avant la guerre. Le décret n° 46-1541 du 21 juin 1946 a rapproché le régime de retraite des employés des entreprises électriques et gazières de celui en vigueur dans la fonction publique d'État et l'a inscrit au cœur du statut du personnel[27].

Enfin, les lois n° 48-1450 du 20 septembre 1948 et du 26 décembre 1964 ont apporté de nouvelles améliorations au régime des fonctionnaires, comme le calcul de la pension sur les six derniers mois de traitement,

[27] Le règlement retraite figure à l'annexe 3 du décret n° 46-1541 du 21 juin 1946 approuvant le statut national du personnel des IEG.

la péréquation automatique ou la suppression de l'abattement du sixième. La péréquation automatique consistait à revaloriser le niveau des pensions déjà servies comme celui des traitements d'activité. L'abattement du sixième, quant à lui, consistait à systématiquement amputer la carrière des fonctionnaires de la catégorie « sédentaire » d'1/6e des annuités validées[28].

Il apparaît que l'émergence et le développement des régimes spéciaux de retraite n'ont pas connu une trajectoire linéaire. Ils ont toujours été confrontés à deux courants contradictoires : d'une part, une volonté de créer des régimes de retraite totalement adaptés à une profession déterminée et gérés par cette même profession ou par l'État et, d'autre part, une volonté non moins déterminée d'unifier les systèmes de retraite français et, ce faisant, de supprimer les régimes catégoriels. Le plus souvent, la puissance publique ou la réalité économique ont fini par l'emporter : les régimes spéciaux

[28] La loi du 26 décembre 1964 a supprimé l'abattement pour les fonctionnaires en activité mais également pour tous les pensionnés qui avaient déjà liquidé leur pension.

se sont développés au sein des secteurs d'activité en pleine expansion et qui avaient donc le pouvoir ou les moyens de les financer ; inversement, ils se sont éteints lorsque ces mêmes secteurs ont été frappés par le déclin. Aujourd'hui, les régimes spéciaux couvrent essentiellement une population d'agents publics.

L'extinction de certains régimes spéciaux a débuté dès la fin des années 1920. Par exemple, la loi du 29 juin 1927 a organisé celle du régime des ouvriers de l'Imprimerie nationale. Après Guerre, l'article 17 de l'ordonnance du 4 octobre 1945 a prévu que les régimes spéciaux ne devaient être maintenus qu'à titre provisoire, mais, aucun délai n'étant précisé, l'administration, dont les agents étaient eux-mêmes affiliés à un régime spécial, ne s'est pas empressée de l'appliquer…

Au cours de l'été 1953, sous le gouvernement Laniel, toute une série de décrets-lois a tout de même été préparée en vue de supprimer des avantages retraite propres aux régimes spéciaux des entreprises nationalisées et, également, de mettre un terme à la classification en catégorie « active » des agents travaillant dans le secteur public. Mais des grèves très dures eurent raison du projet.

Dans le cadre de l'ordonnance n° 67-706 du 21 août 1967 réformant l'organisation administrative et financière de la sécurité sociale, le gouvernement de Georges Pompidou a également voulu inclure une réforme des régimes spéciaux mais, finalement, il y a aussi renoncé. La question est revenue à l'ordre du jour en 1973 et 1974, lors de l'instauration de la compensation généralisée puis, surtout, une vingtaine d'années plus tard, à l'automne 1995, sous le gouvernement Juppé. Le plan du Premier ministre, qui intervenait deux ans après les modifications apportées aux régimes de retraite de base du secteur privé[29], prévoyait l'augmentation de la durée d'activité et une révision à la baisse des modalités de calcul des pensions. L'objectif était d'aligner les règles en vigueur dans les régimes spéciaux sur celles du régime général des salariés. Cette volonté d'alignement a une nouvelle fois entraîné des grèves massives qui rappelèrent aux plus anciens celles de 1953.

[29] Loi n° 93-936 du 22 juillet 1993.

Le « plan Juppé » rejoignit celui de Laniel au rang des réformes avortées, alors que le gouvernement de l'époque avait pourtant une très confortable majorité à l'Assemblée nationale et que la confiance avait été votée le 15 novembre 1995[30]. En 2003, la réforme « Fillon » a cette fois réellement été engagée. Toutefois, parmi les régimes spéciaux, la loi du 21 août 2003 n'a touché que ceux des fonctionnaires : celui de la fonction publique d'État, celui des fonctionnaires territoriaux et hospitaliers et celui des ouvriers d'État. Dans un souci d'harmonisation de ces régimes avec ceux en vigueur dans le secteur privé, le principe de la péréquation automatique a été supprimé (les pensions sont donc désormais revalorisées en fonction de l'évolution des prix et non plus en fonction de celle du point indiciaire de la fonction publique), la durée des carrières a été allongée et un mécanisme de « décote » et de « surcote » a été institué. Quelques années plus tard, en 2007 et 2008, une série de décrets a finalement appliqué ces mêmes mesures aux régimes de la Banque de France, des clercs et employés de notaires, des IEG, de la

[30] 463 voix pour et seulement 87 voix contre.

SNCF, de la RATP, de l'Opéra de Paris et de la Comédie française[31]. Enfin, il y a dix ans, la « réforme Woerth » (la loi n° 2010-1330 du 9 novembre 2010), a supprimé ou aménagé d'autres dispositions : recul de deux ans de l'âge de la retraite, y compris pour les agents placés dans la catégorie « active » ; fermeture du dispositif de départ anticipé à la retraite pour les parents de trois enfants et augmentation progressive, sur dix ans, de la retenue sur traitement.

Ces réformes successives ont eu une incidence réelle sur la plupart des régimes spéciaux[32], certaines de leurs règles ont été harmonisées avec celles en vigueur dans les régimes de droit commun. Cependant, elles n'ont provoqué l'extinction ou la suppression d'aucun d'entre eux. Mieux, tous ont conservé leur nature spécifique et de nouveaux régimes particuliers ont même été créés.

---

[31] Pour une présentation juridique exhaustive des ajustements opérés en 2007 et 2008, voir Franck LE MORVAN, « La réforme des régimes spéciaux », in *Regard sur l'actualité*, n° 344, octobre 2008, p. 23 à 36.

[32] Certains régimes comme ceux des marins ou des mineurs sont exclus du champ des réformes.

C'est le cas, par exemple, du régime de retraite additionnelle de la fonction publique (RAFP) instauré par l'article 76 de la loi du 21 août 2003 et auquel tous les fonctionnaires titulaires sont affiliés obligatoirement depuis son entrée en vigueur, le 1er janvier 2005. C'est le cas, encore, du régime additionnel de retraite des enseignants du privé sous contrat, instauré par la loi « Censi » n° 2005-5 du 5 janvier 2005.

Essai de typologie et caractéristiques des régimes spéciaux

Nombreux, les régimes spéciaux sont également hétérogènes. Cette hétérogénéité peut se juger, tout d'abord, par l'effectif de leurs ressortissants. Le plus important d'entre eux, celui des fonctionnaires civils et militaires de l'État, comptait 4,5 millions d'affiliés (2,1 millions d'actifs et 2,4 millions de retraités) en 2018, ce qui représente un peu moins de la moitié du nombre total des affiliés aux régimes spéciaux. À l'opposé, le régime de retraite des chemins de fer éthiopiens ne comptait que neuf retraités cette même année (deux retraités de droit direct et sept bénéficiaires d'une pension de réversion[33]). En tout, seuls onze régimes spéciaux comptent plus de 5 000 affiliés : les trois régimes de la fonction publique (État, CNRACL, FSPOEIE), les régimes des marins, des mineurs, de la SNCF, de la RATP, des IEG, de la Banque de France et des clercs et employés de notaires et le régime de l'ex-SEITA.

Pendant longtemps, il a été habituel de distinguer deux grandes catégories de régimes spéciaux : les « régimes d'employeur » et les « régimes de caisse ». Dans les régimes d'employeur, tels que ceux des fonctionnaires d'État, des ouvriers d'État ou de la Banque de France, les pensions sont financées directement par l'employeur, sans caisse dotée de la personnalité juridique et de l'autonomie financière. Dans les régimes de caisse, au contraire, le régime est géré par une caisse dotée d'une personnalité morale et d'une autonomie juridique par rapport à l'employeur. Cela a toujours été le

[33] Caisse des dépôts et consignations, Caisse de retraite du chemin de fer franco-éthiopien, rapport annuel 2018, p. 5.

cas, en particulier, du régime de retraite des fonctionnaires territoriaux, du régime des mineurs, de celui des marins, ou encore de celui des clercs et employés de notaires. Les caisses de retraite sont souvent des établissements publics administratifs mais il peut aussi s'agir d'établissements privés chargés d'un service public, comme la Caisse autonome de sécurité sociale dans les mines. Cette distinction entre régimes d'employeur et régimes de caisse a cependant un intérêt limité dans la mesure où elle sépare des régimes très proches, tels que le régime des fonctionnaires d'État et le régime des fonctionnaires territoriaux et hospitaliers, alors qu'elle intègre dans la même catégorie des régimes vraiment différents dans leur mode de financement et leur réglementation ; par exemple, le régime des mineurs et le régime des clercs et employés de notaires. En outre, depuis ces dernières années, les régimes de la SNCF, de la RATP et des IEG, qui étaient directement pris en charge par l'entreprise, sont désormais gérés par des caisses dotées d'une personnalité morale distincte de celle de l'entreprise, sans, pour autant, que ces régimes aient réellement perdu leur qualité de régime d'employeur, puisqu'ils demeurent directement liés à la profession et donc clairement intégrés à la politique de rémunération de l'entreprise.

Une autre distinction peut être faite entre les régimes légaux, qui sont donc régis par la loi, et les régimes réglementaires, qui sont organisés par un simple décret. Pour les fonctionnaires, la retraite fait partie des garanties fondamentales qui leur sont accordées et qui, en vertu de l'article 34 de la Constitution de 1958, relèvent intégralement de la loi. D'autres régimes sont autorisés par la loi, mais leur réglementation et leurs modalités de fonctionnement relèvent du pouvoir réglementaire. C'est le cas, en particulier, du régime des IEG. Les lois du 8 avril 1946 et n° 2004-803 du 9 août 2004 prévoient l'existence du régime et le décret n° 2008-627 du 27 juin 2008 en fixe la réglementation. C'est le cas, également, du régime de la RATP et du régime des mines (CANSSM) ou de celui des marins (ENIM). Enfin, certains régimes comme ceux de la Banque de France, de la Chambre de commerce et d'industrie de Paris, ou de l'Opéra de Paris relèvent uniquement du pouvoir réglementaire. Cependant, cette dernière situation de droit est équivoque, puisque l'ordonnance du 4 octobre 1945 et la loi du 22 mai 1946 ont prévu que les régimes spéciaux étaient maintenus à titre provisoire et que ces régimes n'ont, à ce jour, aucun fondement légal.

M. Thierry Tauran, dans son ouvrage sur *Les régimes spéciaux de Sécurité sociale*[34], distingue encore les « régimes spéciaux intégraux » des « régimes partiellement spéciaux ». Certains régimes spéciaux sont en effet totalement distincts du régime général de sécurité sociale, dans le sens où toutes les prestations qu'ils servent à leurs affiliés – vieillesse, invalidité, maladie, famille – sont gérés par eux. Tel est le cas, par exemple, des régimes de la SNCF, de la RATP ou des marins. D'autres régimes spéciaux, au contraire, n'assurent qu'une partie des prestations, laissant le soin au régime général de la sécurité sociale de servir les autres. Le meilleur exemple est celui des régimes des fonctionnaires. S'agissant

[34] Thierry TAURAN, *Les régimes spéciaux de sécurité sociale*, PUF, 2000.

des fonctionnaires civils de l'État, l'essentiel des prestations est assuré directement par l'État employeur mais le régime général de sécurité sociale intervient pour la maladie et la maternité. Pour les fonctionnaires territoriaux et hospitaliers, la CNRACL sert uniquement les retraites, le reste des prestations est donc assuré par le régime général de sécurité sociale.

Une dernière distinction peut enfin être faite en fonction des employeurs des affiliés des régimes spéciaux et des politiques qui ont récemment été menées dans ces régimes. Elle permet de distinguer trois grandes catégories de régimes :

- ceux des fonctionnaires statutaires ;
- ceux des agents des EPIC ou d'entreprises chargées d'une mission de service public : IEG, SNCF, RATP, Banque de France, Opéra de Paris et Comédie française ;
- ceux des autres professions à statut, marins et mineurs, que leur employeur soit public ou privé.

Les premiers ont été réformés à partir de 2003, dans le cadre de la réforme « Fillon ».

Les deuxièmes ont été réformés plus tard, par décret, en 2007 et en 2008. Et les troisièmes n'ont pas été affectés par les réformes, le législateur considérant qu'il s'agit de régimes marqués par une diminution importante de leurs effectifs du fait du déclin des secteurs d'activité auxquels ils sont rattachés. Cette classification retenue dans le cadre des réformes a le mérite de la simplicité, même si des régimes demeurent inclassables, comme celui des clercs et employés de notaires, qui a été réformé en 2008, en même temps que ceux des établissements publics.

Si l'on s'appuie sur cette classification, il est possible de dégager et de présenter les grandes caractéristiques des régimes spéciaux, celles qui les distinguent clairement des régimes de droit commun.

Du moins, ces caractéristiques sont-elles communes aux deux premières catégories de régimes les plus importantes, c'est-à-dire celle des régimes des fonctionnaires et celle des régimes des agents des EPIC ou des entreprises chargées d'une mission de service public :

- l'affiliation au régime est réservée à une catégorie particulière de travailleurs ;
- la pension est le plus souvent servie par un régime « unique » ou « intégral », il n'existe pas de distinction entre une retraite de base et une retraite complémentaire[35] ;
- les régimes sont à prestation définie ; autrement dit, la loi ou la réglementation prévoit par avance un certain niveau de pension pour chaque affilié et les recettes sont la variable de l'ajustement financier des régimes. Ces régimes ne sont donc pas structurellement à l'équilibre, comme ce peut être le cas dans les régimes à cotisation définie ;
- les régimes fonctionnent par annuité ou par trimestre et non pas par points ou tout autre unité de compte ;
- les régimes sont rétributifs et non pas contributifs, ce qui signifie qu'il n'existe pas de lien entre les cotisations versées et le montant de la pension servie. La pension est envisagée comme le prolongement du

[35] L'art. 76 de la loi n° 2003-775 du 21 août 2003 a cependant créé le régime additionnel de la fonction publique (RAFP) pour tous les fonctionnaires titulaires.

salaire d'activité, elle est donc calculée en fonction du dernier traitement perçu et de la durée de la carrière[36] ;

- il en découle que la pension est considérée comme étant une rémunération, et non pas une prestation sociale ;
- enfin, le droit à pension a pendant longtemps été conditionné à une clause de stage, c'est-à-dire qu'un nombre minimum d'années de service est ou était nécessaire pour prétendre à une pension servie par le régime spécial[37].

Sans conteste, ces régimes sont par nature les plus éloignés du régime universel par points que la réforme en cours tente d'instaurer. Presque tout les y oppose. Ils sont à prestation définie alors qu'il est prévu que le régime universel soit à cotisation définie. Ils sont structurellement déficitaires et beaucoup ne survivraient pas sans subventions

[36] Voir André COCARTE-ZIGIEN, « La situation juridique du fonctionnaire retraité en France », *International review of administrative sciences*, p. 31 à 46.

[37] Par exemple, l'art. R. 4 du code des pensions civiles et militaires prévoyait, pour la plupart des fonctionnaires, une clause de stage de 15 ans. Cette dernière a été ramenée à 2 ans en application de la loi « Woerth » du 9 novembre 2010.

publiques alors qu'il est prévu que le régime universel respecte la règle d'or du « zéro déficit ». Ils fonctionnent par annuités ou trimestres et non par points. Ils sont rétributifs et non contributifs et ne répondent pas au principe « à contribution égale, pension égale ». Enfin, il s'agit plus de régimes de rémunération à vie que de véritables régimes de sécurité sociale obéissant à une logique assurantielle. Ce sont ces régimes qui ont le plus de chemin à faire dans le cadre de la réforme qui, si elle est un jour mise en œuvre, s'annoncera pour eux comme une refondation complète.

Chapitre 2

LES CONCEPTIONS ASSURANTIELLE ET PATRIMONIALE DE LA RETRAITE

Les régimes de salariés

1 – Les régimes de base

Une assurance est une opération par laquelle une partie – l'assuré – se fait remettre moyennant une rémunération – la prime –, pour lui ou pour un tiers, en cas de réalisation d'un risque, une prestation par une autre partie – l'assureur. Beaucoup de régimes de retraite sont ainsi nés de la volonté de se couvrir contre un risque. Dans sa conception statutaire, la retraite est plutôt considérée comme la récompense d'un service rendu. Ici, il ne s'agit plus d'une rémunération ou d'une récompense, l'idée première est plutôt de se prémunir contre le risque, un jour, de ne plus pouvoir subvenir à ses propres besoins par les revenus du travail, à cause de la vieillesse. Les premières assurances vieillesse sont apparues au XVIIIe siècle sous la forme tontinière[38] : plusieurs personnes constituaient, par des versements, un fonds commun qui était capitalisé pendant plusieurs années et réparti, à une échéance convenue, entre les survivants.

Dans cette conception assurantielle, la retraite est financée par des cotisations, fraction des revenus du travail, et le droit à pension est proportionnel à l'effort contributif. En outre, contrairement à la retraite statutaire, il n'y a pas de lien direct entre le régime d'assurance et l'entreprise.

La retraite considérée comme le produit d'une simple assurance a cependant évolué au fil des décennies :

- si le risque, à l'origine, était de survivre à son activité professionnelle, ce n'est plus

---

[38] Les premières tontines ont été créées à la fin du XVIIe siècle par PONTCHARTRAIN.

le cas aujourd'hui. Le risque s'est même inversé : nous serons tous vieux, sauf accident ;
- au fil du temps, les régimes de retraite se sont également développés de manière à servir un niveau de pension relativement élevé pour éviter une rupture nette entre les rémunérations d'activité et les rentes ;
- si, à l'origine, les assurances ont été créées par des initiatives privées et si leur adhésion était libre et individuelle, avec l'émergence de l'État-providence elles sont devenues collectives, obligatoires et gérées sous la tutelle de l'État.

La Caisse nationale de retraite pour la vieillesse (CNRV), régime à vocation universelle, fut créée sous la IIe République par la loi du 18 juin 1850. À cette fin, la loi a fédéré une vingtaine de caisses ouvrières de grandes entreprises – mines, chemins de fer et forges – et celles de quelques administrations. Ce régime institué sous la garantie de l'État « représente la première forme d'intervention de l'État dans le registre large de l'assurance[39] ». Géré par la Caisse des dépôts et consignations, il a cependant surtout suscité l'intérêt des rentiers, par le montant des intérêts servis[40].

La loi du 27 décembre 1895 a ensuite prévu la possibilité de créer des caisses de retraite patronales, mutualistes ou syndicales, avec cotisations salariales et patronales, l'État ne délivrant une autorisation que s'il devait apporter sa garantie. Dès 1898, une enquête de l'Office du travail[41] révélait que sur 2,67 millions de travailleurs dans l'industrie, 115 896 étaient affiliés à une caisse de retraite, soit 4 % d'entre eux.

Dans le monde agricole, une loi du 21 mars 1884 reconnut le droit à la représentation des syndicats et permit à ceux-ci de constituer des sociétés de secours mutuel et de retraite. Le plus souvent à l'initiative de

[39] Jean-Marie THIVEAUD, « La lente construction des systèmes de retraite en France de 1750 à 1945 », *REF*, n° 40, mars 1997, p. 30 et 31.

[40] Le taux de capitalisation de 5 % est supérieur à celui servi pour les fonds publics sur le marché, attirant ainsi une clientèle de petits rentiers et détournant l'esprit dans lequel cette caisse a été créée.

[41] Bruno DUMONS, Gilles POLLET, *L'État et les retraites, genèse d'une politique*, Belin, Paris, p. 332 et 333.

grands propriétaires terriens, des régimes sont alors apparus rapidement, organisés sur le modèle de la corporation. En 1905, il n'existait pas moins de 6000 mutuelles agricoles à travers la France[42], tous risques confondus, dont la vieillesse.

C'est en Allemagne, de 1883 à 1889, sous le chancelier Bismarck, qu'est née la première assurance retraite nationale et obligatoire financée par des cotisations ouvrières et patronales. L'influence sur la politique sociale française fut immédiate et plusieurs projets furent alors étudiés[43] successivement. Tous furent rejetés[44] jusqu'à l'adoption de la loi du 5 avril 1910, présentée par le ministre du Travail et de la Prévoyance sociale, René

---

[42] Comité d'histoire de la sécurité sociale, *La mutualité sociale agricole* – 1919-1981, *La sécurité sociale, son histoire à travers les textes*, tome IV, p. 4.

[43] De 1889 à 1899, pas moins de trente-deux propositions ont été déposées sur le bureau de la Chambre des députés, dont celle de Paul GUIEYSSE qui fut encore très discutée en 1901 et en 1906.

[44] Beaucoup de courants ont été défavorables à l'instauration d'un système de retraite géré par un État-providence, avec cotisations salariales obligatoires : les libéraux, les républicains modérés, une partie des royalistes mais, également, la CGT et bon nombre de socialistes (voir Bruno DUMONS, Gilles POLLET, op. cit.).

Viviani. Cette loi de 1910 institua un régime, géré en capitalisation, financé de manière tripartite : cotisation de l'employé, cotisation de l'employeur et dotation de l'État[45]. Il ne visait, en outre, que les employés du commerce, de l'industrie et de l'agriculture qui gagnaient moins de 3 000 francs par an, l'objectif étant d'assurer à chacun, après au moins trente années de travail, une pension égale à 40 % du salaire à l'âge de 65 ans[46]. Ce régime de 1910 ne fut cependant que partiellement appliqué[47]. Une partie des ouvriers y étaient farouchement hostiles[48] et la Cour de cassation, dans plusieurs arrêts consécutifs, ne reconnut finalement pas

[45] Art. 2 de la loi du 5 avril 1910.

[46] Pour rappel, la loi de finances rectificative du 27 février 1912 a ramené cet âge à 60 ans pour les métiers pénibles.

[47] En 1912, un peu plus de 7,5 millions de personnes étaient affiliées alors que 18 millions étaient initialement escomptées.

[48] La CGT s'est opposée à la cotisation salariale obligatoire qu'elle assimilait à une « *escroquerie* ». Elle fustigeait « *la retraite pour les morts* ».

l'obligation de verser des cotisations[49]. Enfin, les circonstances de la guerre de 1914 ne furent pas favorables au développement de cette protection sociale.

Plus tard, deux lois du 5 avril 1928 et du 30 avril 1930, portées par le ministre du Travail et de la Prévoyance sociale, Pierre Laval, donnèrent toutefois un second souffle au projet de 1910. Les grands principes en étaient les mêmes, le régime était géré en grande partie par capitalisation et seuls les salariés aux ressources limitées – 15 000 francs par an[50] – étaient affiliés. En revanche, la loi de 1928 prévoyait clairement le caractère obligatoire des cotisations retraite et celle de 1930, à la demande des représentants du monde rural, organisait deux régimes distincts : l'un pour les salariés du commerce et de l'industrie

[49] La Cour de cassation, dans son arrêt « Bellamy-Carell » (chambre civile, 11 décembre 1911) a décidé que les employeurs ne pouvaient pas retenir la cotisation sur le salaire des employés qui ne leur présentaient pas leur carte annuelle prévue à cet effet. Puis, un arrêt de la Chambre criminelle du 22 juin 1912 a considéré que le défaut de présentation de la carte par l'employé exonérait son employeur de toute responsabilité pénale (Voir Francis NETTER, « Les retraites en France au cours de la période 1895-1945 », *DS*, n° 9-10, sept.-oct. 1965, p. 514).

[50] 18 000 francs dans les villes de plus de 200 000 habitants.

et l'autre pour les salariés agricoles. Cette fois, la loi fut appliquée. Les décrets-lois des 28 et 30 octobre 1935 améliorèrent le niveau des pensions, mais la guerre de 1939 entrava le développement du système. Pour faire face à ces difficultés, le gouvernement de l'État français adopta la loi du 14 mars 1941 dont l'objet était double : d'une part, accorder une allocation aux vieux travailleurs salariés, sans ressources et non couverts par les assurances sociales obligatoires ; d'autre part, faire basculer le financement des pensions de vieillesse du régime général des assurances sociales de la capitalisation à la répartition.

À la Libération, le Gouvernement provisoire étendit le « régime général » de retraite à l'ensemble des travailleurs, quelle que fût leur profession. Ainsi, l'ordonnance du 4 octobre 1945 organisa le cadre d'un régime unique et la loi n° 46-1146 du 22 mai 1946 proclama la généralisation de la sécurité sociale. Le principe d'un régime unifié[51] était cependant loin

[51] Voir, notamment, Henry C. GALANT, *Histoire politique de la sécurité sociale française* 1945-1952, Comité d'histoire de la sécurité sociale, 2004, 208 p.

de faire l'unanimité. Il se heurta à la résistance de nombreuses catégories socioprofessionnelles. Pas seulement celles qui relevaient des régimes spéciaux et dont la couverture était plus complète, mais également le monde agricole, qui possédait pour ses salariés son propre système géré par la MSA, et les indépendants – artisans, commerçants et professions libérales, – qui n'étaient pas encore affiliés à des régimes sous tutelle et qui entendaient bien préserver leur autonomie. Face à ces réticences, le législateur a accepté que les professions agricoles puissent conserver leur système de sécurité sociale. De même, il était prévu que certaines branches d'activité ou d'entreprises puissent continuer à bénéficier de leur régime à titre provisoire. La couverture du régime général des salariés fut cependant très nettement étendue, puisque tous les salariés du commerce et de l'industrie durent s'y affilier et non plus seulement ceux qui avaient les plus faibles revenus.

À partir de 1945, le régime de base de sécurité sociale a connu plusieurs réformes sans pour autant que ses principes soient vraiment bouleversés :

- la loi n° 62-1529 du 22 décembre 1962 de Finances pour 1963 a organisé l'intégration financière du régime des salariés agricoles dans le régime général des salariés, tout en préservant la personnalité juridique des deux régimes ;
- les ordonnances « Jeanneney » n° 67-706 et n° 67-707 du 21 août 1967 ont individualisé les différentes branches de la sécurité sociale[52] tout en créant, pour la gestion de la branche vieillesse, la Caisse nationale d'assurance vieillesse des travailleurs salariés (CNAVTS) ;
- la loi n° 78-4 du 2 janvier 1978 a instauré un régime de retraite pour les agents du culte : la Caisse mutuelle d'assurance vieillesse des cultes (CAMAVIC)[53] ;
- la loi « Balladur » du 22 juillet 1993 a créé un nouvel établissement public administratif, le FSV, en vue de soulager les finances des régimes de retraite. Ce fonds de solidarité

---

[52] De 1945 à 1967, les risques vieillesse et maladie sont regroupés dans un organisme unique : la Caisse nationale de sécurité sociale.

[53] La loi n° 99-641 du 27 juillet 1999 a regroupé les caisses d'assurances maladie (CAMAC) et vieillesse (CAMAVIC) des cultes au sein de la Caisse d'assurance vieillesse invalidité et maladie des cultes (CAVIMAC), elle-même désormais intégrée financièrement à la CNAVTS.

vieillesse, essentiellement financé par des ressources fiscales[54], a pris en charge le remboursement à l'État de la dette sociale de 110 milliards de francs. Aussi, depuis sa création, il assume le financement des prestations du minimum vieillesse, des majorations de pension pour enfants et conjoint à charge, des périodes de service militaire ou de service civil et les périodes de chômage.

La CNAVTS, également appelée « régime général », compte 18,7 millions de cotisants, c'est-à-dire 70 % de l'ensemble des cotisants à un régime de base, et assure moins de 40 % des dépenses retraite[55]. Il en ressort que ce régime est loin d'être universel, d'une part, parce qu'il existe de nombreux autres régimes de base et, d'autre part, parce qu'il ne sert des pensions que dans la limite de la moitié du plafond de la sécurité sociale et que des régimes complémentaires obligatoires assurent d'autres prestations.
Au final, le terme de « régime général »

[54] La loi lui attribue le produit du relèvement de la CSG de 1,3 point.

[55] CNAV, *Recueil statistique* 2018.

traduit donc beaucoup plus une volonté constante – mais contrariée – des pouvoirs publics de lui conférer, depuis longtemps, un caractère universel, qu'une réalité économique et juridique. Dans les faits, il s'agit donc plus du régime de base des salariés de l'industrie et du commerce que d'un véritable régime universel.
Par ailleurs, ce régime présente un profil quelque peu hybride et demeure difficile à répertorier. C'est un régime à prestation définie qui fonctionne par trimestres comme la grande majorité des régimes spéciaux. Toutefois, il ne s'agit pas d'un régime rétributif mais plutôt d'un régime contributif, car :

- l'assureur n'est pas un employeur, qui plus est en situation de monopole ;
- le montant de la pension n'est pas déterminé à partir de la rémunération de la fin de carrière mais à partir d'une chronique de revenus versés au cours de vingt-cinq années ;
- des cotisations sociales réelles – et non fictives comme dans beaucoup de régimes spéciaux – assurent l'essentiel des ressources du régime ;

- enfin, d'un point de vue juridique, les pensions sont considérées comme des prestations sociales servies en raison de cotisations versées et non pas comme des rémunérations.

Le régime général des salariés est moins éloigné du régime universel prévu par la réforme que les régimes spéciaux ne peuvent l'être. Mais, pour lui, la réforme en cours s'apparente également à une vraie réforme de fond, une réforme systémique et non pas une simple réforme paramétrique comme ont pu l'être les réformes des retraites précédentes.

2 – Les régimes complémentaires

Les régimes complémentaires de retraite sont les héritiers des caisses patronales nées avant la Seconde Guerre mondiale dans certaines entreprises et soumises à autorisation administrative pour obtenir la garantie de l'État en application de la loi du 27 décembre 1895. La loi du 30 avril 1930 a imposé la transformation de ces caisses en régimes complémentaires du régime d'assurance vieillesse obligatoire alors mis en place et a limité la création de nouvelles caisses patronales aux seuls travailleurs exclus du régime d'assurance vieillesse en raison du plafond salarial d'assujettissement. Puis, les accords de Matignon signés le 7 juin 1936 ont prévu que ces caisses patronales puissent être étendues aux branches d'activité professionnelles. Les premiers accords ont été signés le 14 mai 1937 par l'Union des industries métallurgiques et minières et par la Fédération nationale des syndicats d'ingénieurs.

Après la guerre, l'ordonnance n° 45-2250 du 4 octobre 1945 sur l'organisation de la sécurité sociale a prévu, dans son article 18, le maintien de ces institutions, à condition qu'elles n'aient d'autre but « que d'accorder des avantages s'ajoutant à ceux qui résultent de l'organisation de la sécurité sociale [56] ». L'article L. 4 du code de la sécurité sociale reprit cette disposition et, rapidement, de nouvelles institutions d'entreprises ou interprofessionnelles furent constituées,

---

56 Voir Dominique CECCALDI, « Protection sociale complémentaire des travailleurs salariés – Historique et cadre général », fasc. 810, JCP protection sociale, 2008, p. 2 et 3.

dont certaines au plan national. Des accords entre employeurs et salariés sont alors intervenus pour aménager des régimes financés par une cotisation employeur et une cotisation employé sur des modes similaires, à bien des égards, à ce que les régimes légaux prévoyaient alors.

Dès le 14 mars 1947, les syndicats de cadres et le Conseil national du patronat français (CNPF) ont signé la convention collective nationale de retraite et de prévoyance des cadres. Réservée aux seuls cadres de l'industrie et du commerce, elle a institué le premier régime de retraite complémentaire interprofessionnel : l'association pour le régime de retraite complémentaire des salariés (AGIRC)[57]. Même s'il est géré par plusieurs caisses, le système AGIRC a été, dès sa création, un régime unique au sein duquel prévalait une seule réglementation. Il est financé sur le mode de la répartition, suivant la technique des points et, hormis le niveau des cotisations, toutes les institutions

[57] Le régime s'est alors obligatoirement appliqué à tous les secteurs professionnels représentés, au niveau des employeurs, par le CNPF.

ont alors appliqué les mêmes paramètres, notamment en ce qui concerne le salaire de référence et la valeur des points. Dès l'origine, l'AGIRC a été simplement appelée à exercer un rôle de contrôle des organismes gestionnaires et un rôle de caisse de compensation.

Pour sa part, l'État a créé un régime de retraite complémentaire pour les cadres non titulaires de la fonction publique, par décret du 28 août 1948. Ce décret a prévu d'instaurer des organismes de prévoyance gestionnaires dans tous les services ou établissements administratifs concernés, mais le décret n° 51-1445 du 12 décembre 1951 a abrogé cette disposition et créé l'Institution de prévoyance des agents contractuels et temporaires de l'État (IPACTE) pour gérer l'ensemble du régime. D'autres dispositions ont étendu ce type de régime à tous les autres agents contractuels : cadres, non cadres, agents de l'État ou des collectivités territoriales. Le décret n° 70-1277 du 23 décembre 1970 a fusionné les régimes existants au sein de l'Institution de retraite complémentaire des agents non titulaires de l'État et des collectivités publiques (IRCANTEC) en 1973 puis 1992, l'IRCANTEC a été étendue aux élus des collectivités locales.

Parallèlement, l'accord national du 8 décembre 1961 a mis en place l'association des régimes de retraite complémentaire (ARRCO), ce qui a permis de fédérer les très nombreuses institutions de retraite complémentaire des salariés non-cadres du secteur privé. Des principes d'harmonisation et de péréquations financières entre les régimes furent alors institués. Pour autant, certaines spécificités demeurèrent. Les rendements des régimes étaient par exemple rarement les mêmes.

Enfin, la loi n° 72-1223 du 29 décembre 1972, a rendu l'affiliation à un régime complémentaire obligatoire pour tous les salariés ou anciens salariés ressortissant du régime général. À l'époque, 13 millions de salariés et 4,5 millions de retraités étaient déjà affiliés, mais près d'1 million d'actifs et 600 000 retraités restaient hors champ des régimes complémentaires. À partir de cette généralisation des retraites complémentaires, un mouvement constant de regroupement des caisses s'est opéré pour tendre, *in fine*, vers un régime quasi-unique : le GIE AGIRC-ARRCO[58], puis le régime unique AGIRC-ARRCO. Là encore, les regroupements et intégrations des différentes institutions ont été réalisés par étape, à mesure des négociations et de la signature de nouvelles conventions :

- le protocole d'accord du 6 juin 1973 a prévu l'affiliation obligatoire des cadres, des contremaîtres et des VRP à l'ARRCO, sur la partie des salaires inférieure au plafond de la sécurité sociale. Ainsi, l'ARRCO n'a plus seulement couvert les non-cadres, mais l'ensemble des salariés et une partie des cotisations et des dépenses retraite des cadres et des non-cadres furent mutualisées ;
- l'accord du 24 mars 1988 a permis l'intégration à l'AGIRC de régimes de cadres supérieurs en grande difficulté financière : l'IRI-

---

[58] Voir, Dominique CECCALDI, « Régime de retraite complémentaire des salariés (ARRCO) », fasc. 815, *JCP* protection sociale, 1999, p. 2.

CASE, l'IRCASUP et la Caisse des cadres supérieurs du bâtiment. Pour permettre cette intégration, une tranche de cotisation supplémentaire a été créée (tranche C), le 1er janvier 1991, sur la partie du salaire comprise entre quatre fois et huit fois le plafond de la sécurité sociale[59]. De ce fait, les cadres supérieurs et les dirigeants qui bénéficaient de très hautes rémunérations ont été contraints de verser des cotisations sur l'intégralité ou la quasi-intégralité de leur rémunération. Ils ont alors acquis des droits à due proportion qu'il faut désormais honorer dans le cadre d'un régime géré en répartition ;

- au cours des années 1990, le champ d'application des accords créant l'AGIRC et l'ARRCO a été étendu à des salariés bénéficiant de régimes complémentaires spécifiques qui furent alors supprimés : Compagnie générale des eaux (1991), Crédit Foncier de France (1991), personnels au sol d'Air France (1993), Banques Populaires (1993), Banques membres de l'Association française des banques (1994), Caisse

[59] Pour 2021, cela correspond à la partie du salaire comprise entre 13 712 euros et 27 424 euros par mois.

complémentaire et de prévoyance des personnels des organismes de la sécurité sociale (1994), Caisses d'épargne (1996), Caisses de retraite du secteur tertiaire agricole (1997) : CCPMA et CPCEA-B ;

- les accords du 25 avril 1996 ont programmé la création du régime unique de retraite complémentaire des salariés, qui fut institué le 1er janvier 1999. À cette date, il s'est alors substitué à l'ensemble des régimes membres de l'ARRCO. Tous les droits des affiliés ont été convertis en points du régime unique ARRCO. Les règles sont devenues les mêmes pour tous – salaire de référence, valeur du point, cotisations – et la compensation démographique et financière interne à l'ARRCO a été supprimée. Par ailleurs une « solidarité financière » a été instituée entre l'AGIRC et l'ARRCO, au profit de l'AGIRC, pour compenser l'effet de l'augmentation annuelle du plafond de la sécurité sociale sur les recettes du régime des cadres ;
- l'accord du 10 février 2001 a créé le groupement d'intérêt économique « GIE AGIRC-ARRCO » dont l'objectif a été de rationaliser et de mettre en commun les

moyens matériels et humains des deux fédérations pour permettre, notamment, une convergence des informations et des réglementations.
- L'accord du 17 novembre 2017 a créé le régime unique AGIRC-ARRCO.

Ce processus d'unification des régimes de retraite complémentaires n'est cependant pas né d'un subit enthousiasme partagé pour la gestion collective, dont les écueils mériteraient à eux seuls une étude approfondie... Dans les faits, il a essentiellement été porté par le spectre des faillites et la difficulté politique d'assumer la gestion de régimes dont la qualité des prestations est en diminution constante, sans réel espoir de renouer avec les années fastes, compte tenu des projections démographiques à court et moyen termes et d'une gestion en répartition.
Les régimes complémentaires spécifiques qui ont été intégrés à l'AGIRC et à l'ARRCO au cours des quinze dernières années ont fourni, à ce titre, des exemples évocateurs. Le principe a été simple : tant que ces régimes pouvaient servir à leurs ressortis-

sants des prestations plus avantageuses qu'à l'AGIRC et à l'ARRCO, ils défendaient leur indépendance et leur autonomie ; mais lorsque cela n'a plus été le cas, l'intégration aux régimes communs a été reconsidérée et perçue comme le seul moyen de se débarrasser de situations devenues souvent inextricables. Ainsi, avant leur intégration, l'IRICASE, l'IRCASUP et certaines caisses de retraite de banques étaient-elles en situation de banqueroute et leur sauvetage *in extremis* a résulté de leur intégration à l'AGIRC et à l'ARRCO ; le pot commun servant alors de « caisse d'amortissement ». Dans le contexte d'une chute continue des taux de rendement des régimes, la tentation a été forte de se regrouper pour essayer d'organiser l'avenir ensemble et ne pas supporter seul toutes les responsabilités à l'égard des affiliés.

Le régime AGIRC-ARCCO, mais également l'IRCANTEC, sont des régimes à cotisation définie qui fonctionnent par points. Contributifs, ils servent également d'authentiques prestations sociales en raison des cotisations qui ont été versées. De ce point de vue, ces régimes complémentaires sont proches du régime universel qui doit être institué : ils sont de même nature et obéissent aux mêmes grands principes de fonctionnement. Cela les distingue clairement des autres régimes déjà évoqués. Par ailleurs, les régimes AGIRC-ARRCO désormais réunis en un seul régime ont connu un nombre important d'adaptations et de réformes au cours des trois dernières décennies pour rationaliser leur gestion et faire face au défi du vieillissement de la population. Il y a eu des réformes de structure, avec des fusions de caisses et de régimes, et des réformes paramétriques pour maintenir à l'équilibre les comptes des régimes. Les rendements ont beaucoup baissé, ce qui était inévitable dans le cadre de la répartition, compte tenu de la conjoncture démographique. Ce qui n'a pas empêché la constitution de quelques réserves qui sont aujourd'hui évaluées à 70 milliards d'euros. Les affiliés de ces régimes ont déjà consenti beaucoup d'efforts.

Les régimes de non-salariés

1 – Les régimes de base

La retraite a été conçue de manière patrimoniale avant même d'être le produit d'une assurance. Ainsi, les indépendants et les professions libérales ont toujours investi, par nécessité, dans le capital productif professionnel. Or, cet investissement a longtemps été une source importante de revenus pendant la retraite et l'assurance vieillesse n'a constitué, alors, qu'une ressource complémentaire.
Les besoins de certaines de ces professions ont cependant évolué en même temps que l'économie et cette vision patrimoniale est en recul. Toutefois, elle conserve une certaine influence qui explique, en partie, le choix de ces professions d'avoir conservé des régimes autonomes qui répondent aux besoins assez variables de chaque profession.
La loi n° 48-101 du 17 janvier 1948, a organisé la création de régimes de retraite obligatoires pour chacun des groupes professionnels de non-salariés : la Caisse autonome

nationale d'assurance vieillesse artisanale (CANCAVA), l'Organisation nationale de l'industrie et du commerce (ORGANIC) et la Caisse nationale d'assurance vieillesse des professions libérales (CNAVPL) ont ainsi été mises en place en 1949. Le régime de retraite des exploitants agricoles, quant à lui, a été institué trois années plus tard, dans le cadre de la loi n° 52-799 du 2 juillet 1952. L'objet initial des régimes de retraite des professions non-salariées était uniquement de servir une allocation vieillesse minimale ; son taux fut alors fixé à la moitié de celui de l'allocation aux vieux travailleurs salariés (AVTS), ce qui était relativement faible. Par la suite, les réglementations de ces différents régimes ont été progressivement harmonisées avec celles en vigueur dans le régime général des salariés et, ce faisant, le niveau des prestations a augmenté.

S'agissant des artisans, des industriels et des commerçants, c'est la loi n° 72-554 du 3 juillet 1972 qui a posé le principe de l'alignement de leur régime sur le régime général des salariés. Cette loi envisageait déjà explicitement l'existence, à terme, d'un régime de retraite universel de base : « Il est établi un alignement des régimes d'assurance vieillesse des professions artisanales, industrielles et commerciales sur le régime général de sécurité sociale, en attendant l'institution d'un régime de base unique en matière d'assurance vieillesse des travailleurs salariés et non-salariés et de leurs conjoints. » Après cette loi, l'ORGANIC et la CANCAVA ont été désignés sous les termes de « régimes alignés », chaque régime disposant d'une caisse nationale autonome fédérant trente-deux caisses de base régionales[60] pour les artisans et trente-et-une pour les commerçants. Ces deux institutions ont été intégrées, le 1er janvier 2006, au Régime social des indépendant (RSI). Trois ordonnances – l'ordonnance n° 2005-299 du 31 mars 2005 et les ordonnances n° 2005-1528 et 2005-1529 du 8 décembre 2005 – ont ainsi créé les organes et les outils nécessaires à la gestion du RSI, qui s'est alors substitué en tant qu'interlocuteur unique à l'ORGANIC et à la CANCAVA mais, également, à la

[60] Plus précisément, trente caisses régionales interprofessionnelles et deux caisses nationales professionnelles : coiffure esthétique et métiers de bouche.

CANAM – caisse d'assurance maladie et maternité de l'ensemble des professions non-salariées : commerçants, industriels, artisans et professions libérales.
Enfin, depuis janvier 2018, la protection sociale de base des travailleurs indépendants est confiée au régime général de la sécurité sociale. Dès lors, les charges et les produits des branches maladie et vieillesse du RSI ont été intégralement absorbés par la CNAM et la CNAV.

Concernant les exploitants agricoles, la loi d'orientation agricole n° 80-502 du 4 juillet 1980 a également posé le principe de parité entre les prestations de leur régime et celles du régime général des salariés, à condition que l'effort contributif soit équivalent : « Les retraites des exploitants agricoles sont progressivement revalorisées et adaptées en vue de garantir, à durée et effort de cotisation comparables, des prestations de même niveau que celles qui sont servies par le régime général de la sécurité sociale ou par les régimes de base des professions artisanales ou des professions industrielles et commerciales. » Mais le régime des exploitants agricoles obéit cependant toujours à des règles qui lui sont propres – notamment une gestion par points – et il est donc bien difficile, aujourd'hui, d'évaluer cette parité. Depuis le 1er janvier 2009, la gestion du régime a été confiée à la mutualité sociale agricole (MSA).

Enfin, les professions libérales à proprement parler constituent un troisième pôle de retraite au sein de ce qu'il est convenu d'appeler les professions non-salariées. Il existe donc une organisation autonome d'assurance vieillesse pour les professions libérales qui comprend une caisse nationale, la CNAVPL, et dix sections professionnelles, organismes de droit privé dotés de la personnalité juridique et de l'autonomie financière. À l'origine, la CNAVPL comptait quatorze sections mais la caisse de retraite des barreaux français a gagné son autonomie[61] en 1954 et certaines sections ont fusionné. Ainsi, en 2004, la section CREA (enseignement, arts appliqués, sports, tourisme) a été absorbée par la CIPAV (architectes, ingénieurs, techniciens,

[61] Décret n° 54-1253 du 22 décembre 1954.

géomètres-experts, conseils et professions assimilées) et plus récemment, en 2009, la CARCD (chirurgiens-dentistes) a absorbé la CARSAF (sages-femmes). Désormais, les dix sections de la CNAVPL sont les suivantes :

- la Caisse de retraite des notaires (CRN) ;
- la Caisse d'assurance vieillesse des officiers ministériels, officiers publics et des compagnies judiciaires (CAVOM) ;
- la Caisse de retraite des médecins de France (CARMF) ;
- la Caisse autonome de retraite des chirurgiens dentistes (CARCD) ;
- la Caisse d'assurance vieillesse des pharmaciens (CAVP) ;
- la Caisse autonome de retraite des sages-femmes françaises (CARSAF) ; la Caisse autonome de retraite et de prévoyance des infirmiers, masseurs - kinésithérapeutes, pédicures-podologues, orthophonistes et orthoptistes (CARPIMKO) ;
- la Caisse autonome de retraite et de prévoyance des vétérinaires (CARPV) ;
- la Caisse d'allocation vieillesse des agents généraux d'assurance et des mandataires non-salariés d'assurance et de

capitalisation (CAVAMAC) ;

- la Caisse d'assurance vieillesse des experts-comptables et des commissaires aux comptes (CAVEC) ;
- la Caisse interprofessionnelle de prévoyance et d'assurance vieillesse (CIPAV).

Ce qu'il faut surtout retenir, c'est que le régime des professions libérales a connu une réforme structurelle et systémique d'ampleur dans le cadre de la loi « Fillon » du 21 août 2003. Cette réforme a été discrète. Toutefois, elle revêt un intérêt tout particulier puisqu'elle a, ni plus, ni moins, réalisé, à l'échelle des professions libérales, ce que le gouvernement envisage aujourd'hui de mettre en œuvre au niveau national, en y incluant les régimes complémentaires.
Cette réforme, entrée en vigueur le 1er janvier 2004, a eu deux effets majeurs :

- une quasi-unification du régime CNAVPL, qui est depuis directement chargé de la gestion du régime[62]. Dans les faits, les sections professionnelles assurent le recouvrement des cotisations et en transfèrent le produit

[62] Art. L. 641-2 du code de la sécurité sociale

à la CNAVPL. Puis, celle-ci leur rétrocède les sommes nécessaires au paiement des pensions et à la gestion administrative[63]. En conséquence, le risque vieillesse est entièrement mutualisé pour l'ensemble des professions libérales et la compensation interne et les jeux de tuyauterie financière qu'elle engendrait ont été supprimés ;

- le changement et l'harmonisation de toutes les règles en vigueur au sein des différentes sections de la CNAVPL, qu'il s'agisse du mode de cotisation[64] ou des prestations servies[65], et, surtout, l'adoption d'un système de points pour comptabiliser les droits. À la double cotisation, forfaitaire et proportionnelle[66], s'est substituée une cotisation entièrement proportionnelle. Contrairement au régime CNAVPL précédent, toutes les cotisations ouvrent donc,

---

[63] Art. L. 642-5 du code de la sécurité sociale.

[64] Art. 88 de la loi n° 2003-775 du 21 août 2003, codifié à la section 1 du chapitre II du titre IV du livre VI du code de la sécurité sociale.

[65] Art. 90 de la loi n° 2003-775 du 21 août 2003, codifié à la section 2 du chapitre II du titre IV du livre VI du code de la sécurité sociale.

[66] Art. D. 642-3 du code de la sécurité sociale.

désormais, des droits à la retraite et, ce, sans limitation de la durée de carrière[67]. Le régime, à cotisation définie, est devenu entièrement contributif.

De tous les régimes de retraite, c'est le régime de base des professions libérales qui a entrepris la réforme la plus aboutie. Dans ses grands principes, la réforme en cours a déjà été réalisée en son sein.

2 – Les régimes complémentaires

Les premières professions à se doter de régimes complémentaires ont été les notaires, les médecins et les pharmaciens (décrets n° 49-578, 49-579 et 49-580 du 22 avril 1949). Puis, les autres professions s'en sont dotées progressivement jusque dans les années 1980 :

- les chirurgiens-dentistes (décret n° 50-28 du 6 janvier 1950) ;
- les vétérinaires (décret n° 50-1318 du 21 octobre 1950) ;

---

[67] L'ancien régime CNAVPL opérait un plafonnement à 150 trimestres.

- les notaires de Colmar (décret n° 51-310 du 3 mars 1951) ;
- les experts-comptables (décret n° 53-503 du 21 mai 1953) ;
- les agents généraux d'assurance (décret n° 67-1169 du 22 décembre 1967) ;
- les architectes, les ingénieurs, les techniciens et les experts et conseils (décret n° 79-262 du 21 mars 1979) ;
- les officiers ministériels et publics (décret n° 79-265 du 27 mars 1979) ;
- les infirmiers, les masseurs-kinésithérapeutes, les pédicures-podologues, les orthophonistes et les orthoptistes (décret n° 84-143 du 22 février 1984).

Pendant longtemps, seules les sages-femmes n'ont pas eu de régime complémentaire, mais ce n'est plus le cas depuis que leur caisse a été absorbée par la CARCD.

La gestion des régimes complémentaires a été confiée, dès leur apparition, aux différentes sections professionnelles de la CNAVPL. Ces régimes sont juridiquement et financièrement autonomes, la CNAVPL n'intervenant pas dans leur gestion[68]. Par ailleurs, quatre régimes complémentaires de professions libérales ne gravitent pas dans la galaxie des sections CNAVPL. Il s'agit :

- du régime de retraite des auteurs et compositeurs dramatiques et auteurs de films (RACD) institué par le décret n° 64-226 du 11 mars 1964 ;
- de l'institution de retraite complémentaire de l'enseignement et de la création (IRCEC), institué par le décret n° 62-420 du 11 avril 1962 ;
- du régime de retraite des auteurs et compositeurs lyriques (RACL), institué par le décret n° 61-1304 du 4 décembre 1961 ;
- du régime complémentaire obligatoire d'assurance vieillesse et survivants des avocats, institué par la loi n° 79-7 du 2 janvier 1979 et par le décret n° 79-316 du 19 avril 1979.

Afin d'inciter les professions médicales à se conventionner, un régime de retraite

[68] Seules les modifications des statuts des régimes complémentaires doivent être approuvées par le conseil d'administration de la CNAVPL et transmises au ministère de tutelle.

supplémentaire ou « surcomplémentaire » a également été créé en 1961 : l'avantage social vieillesse (ASV)[69]. En contrepartie d'honoraires plafonnés, les intéressés se voient promettre des suppléments de retraite financés, aux deux tiers, par le régime général d'assurance maladie. Il s'agit, en quelque sorte, « d'honoraires différés ». Il existe cinq régimes ASV gérés par quatre sections différentes de la CNAVPL : celle des médecins (CARMF), celle des pharmaciens (CAVP), celle des infirmiers et des masseurs-kinésithérapeutes (CARPIMKO) et celle des chirurgiens-dentistes (CARCD) pour la gestion des ASV des chirurgiens-dentistes mais, également, pour l'ASV des sages-femmes.

Les artisans sont affiliés à un régime complémentaire obligatoire depuis 1979 (décret n° 78-351 du 14 mars 1978). Ce régime a fusionné en 2013 avec le régime complémentaire des commerçants qui a été créé beaucoup plus récemment, en 2004 (articles 81 à 84 de la loi « Fillon » du 21 août 2003).

---

[69] Décret n° 60-923 du 6 septembre 1960, modifié par les décrets n° 61-630 du 17 juin 1961 et n° 62-793 du 13 juillet 1962.

Ces régimes fonctionnent par points. Enfin, les exploitants agricoles ont un régime complémentaire obligatoire depuis 2003 (loi n° 2002-308 du 4 mars 2002). Depuis les années 2000, donc, toutes les professions libérales sont affiliées à un régime complémentaire de retraite obligatoire.

À l'instar des régimes complémentaires des salariés, ces régimes sont contributifs, à cotisation définie, et structurellement à l'équilibre. Plusieurs d'entre eux disposent de réserves non négligeables à leur échelle. Elles s'élèvent à 27,5 milliards d'euros (90 mois de réserve) à la CNAVPL, à 16,4 milliards d'euros (108 mois de réserve) chez les artisans et les commerçants et à 1,2 milliard d'euros (70 mois de réserve) chez les avocats.

CONCLUSION

Cette présentation historique des différentes institutions de retraite obligatoire permet de prendre du champ et de la perspective pour envisager une véritable réforme des retraites. L'évolution passée des retraites et les réformes qui ont déjà été entreprises livrent des enseignements qu'il est en effet indispensable d'assimiler pour envisager l'avenir. Au moins deux leçons fondamentales sont à retenir :

- la diversité des systèmes de retraite français de natures différentes, eux-mêmes composés de nombreux régimes, est importante et très mésestimée. De plus, cette diversité est accentuée par le fait que ces systèmes sont mus par deux courants de fond contradictoires. D'un côté, les évolutions sont rapides et très nombreuses.

Un nombre considérable de réformes et d'ajustements sensibles ont été mis en œuvre au cours des dernières décennies. Certaines réformes ont défrayé la chronique comme la réforme « Balladur » de 1993, la réforme « Fillon » de 2003, ou encore la réforme « Woerth » de 2010, mais d'autres sont passées beaucoup plus inaperçues alors qu'elles avaient un impact important, notamment dans les régimes complémentaires des salariés du privé, des indépendants et des professions libérales. D'un autre côté, au contraire, certains principes de la préhistoire de l'économie sociale semblent fossilisés. C'est le cas, en particulier, dans le cadre de la conception statutaire de la retraite. Enfouis sous les strates successives des législations et des réglementations qui s'amoncèlent, leurs apparences sont parfois altérées, ce qui les rend souvent difficiles à identifier. Pourtant, ils sont toujours là.

- L'idée de gérer les retraites au sein d'un régime unique et universel n'est pas du tout nouvelle. Bien au contraire, elle s'exprime dans un courant fort depuis l'institutionnalisation des retraites. Autrement dit, elle est aussi ancienne que les retraites elles-mêmes ! Rappelons que, dès 1853, le ministère des Finances a supprimé une multitude de caisses préexistantes au sein de l'administration et a créé un régime unique et universel pour l'ensemble des fonctionnaires de l'État. L'ordonnance n° 45-993 du 17 mai 1945 a opéré de même pour les fonctionnaires territoriaux et hospitaliers. Dans les secteurs du commerce, de l'industrie et de l'agriculture, ce sont les lois du 5 avril 1910 et du 5 avril 1928 qui ont également tenté cette unité. Puis, les ordonnances des 4 et 19 octobre 1945 ont institué la sécurité sociale dans sa forme moderne et ont posé le principe d'un système unique et généralisé de retraite pour tous les Français. Ce fut un échec, tout comme l'a été plus tard la loi n° 74-1094 du 24 décembre 1974, qui avait pour objectif premier de créer un régime universel commun à tous les Français avant le 1er janvier 1978.

Au bout du compte, lorsque l'unité a été réalisée dans l'histoire récente, cela n'a pu l'être que partiellement, au prix de gros efforts et uniquement dans le secteur privé. Il y a eu la fusion, le 1er janvier 2004, de l'ensemble des régimes de base des professions libérales au sein de la CNAVPL. Enfin, cette volonté d'unité s'est concrétisée, également, au niveau des régimes complémentaires des salariés lorsque ont été créés, en 1999, le régime unique ARRCO et, en 2019, le régime unique AGIRC-ARRCO. Cette unité, à la fois structurelle et budgétaire, a permis aux gestionnaires de rationaliser le pilotage du système dont ils ont la charge et, le cas échéant, aux ministères de tutelle de renforcer leur autorité. Mais, force est de constater qu'au fur et à mesure que des régimes ont fusionné, d'autres, au contraire, ont résisté et ont conservé leurs particularismes. Mieux, de nouveaux régimes ont été créés, indépendants, de façon à constituer au sein même de la sécurité sociale une « mosaïque de régimes[70] ». En somme, l'histoire des retraites obligatoires en France est l'histoire de la grande unité contrariée, jamais atteinte, toujours reportée.

[70] Termes employés par la direction de la sécurité sociale dans ses rapports successifs.

Il ressort de ce double enseignement que, si la volonté d'instituer un régime universel a souvent été à l'ordre du jour, les tentatives ont toujours échoué, même si le principe d'unité semble gagner du terrain dans certains secteurs. De ce fait, la réforme en cours devrait donc avoir bien du mal à atteindre son objectif, d'autant plus qu'il n'a jamais été aussi élevé : instituer un régime universel en fusionnant, non seulement les régimes de base existants, mais également les régimes complémentaires. Cela n'avait jamais été envisagé par le passé et semble peu réaliste.

Par ailleurs, chacun pourra convenir que la réforme doit être menée de manière ordonnée pour avoir une chance de succès. Or, force est de constater que ce n'est pas le cas. Les régimes spéciaux qui répondent à une conception statutaire de la retraite sont, par nature, les plus éloignés – et de beaucoup ! – du régime universel que le gouvernement tente d'instituer. C'est donc logiquement ces régimes qui devraient entamer les premiers la marche vers le régime universel, sous peine qu'ils ne l'intègrent jamais, là encore l'Histoire en témoigne...

Il est alors difficilement compréhensible que ce soit justement pour ces régimes que des périodes de transitions plus longues et de multiples dérogations aient été prévues. C'est un très mauvais signe.

Pour avoir une chance réaliste de succès, la réforme, qui ne pourra être mise en œuvre que par étapes, doit de toute évidence se cantonner aux seuls régimes de base, ce qui est déjà considérable. Et la première étape doit consister à refonder les régimes spéciaux pour qu'ils rompent avec l'archaïsme statutaire et répondent enfin à une logique assurantielle. Tout autre choix sera voué à l'échec.

Enfin, demeure un dernier point qui, malgré son importance, n'a pas été non plus abordé dans le cadre du projet de réforme : la baisse inévitable des rendements des régimes dans le cadre de la répartition, compte tenu du vieillissement de la population. Cette question ne doit pas être taboue, sous peine d'engendrer d'amères désillusions au moment de liquider sa retraite. Cela nécessite de plafonner une bonne fois pour toutes les prélèvements obligatoires liés à la répartition et de laisser les moyens aux Français de capitaliser pour compenser cette baisse continue de rendement.

LISTE DES RÉGIMES DE RETRAITE OBLIGATOIRES[71] EN FRANCE (HORS RÉGIMES D'ALSACE ET MOSELLE)

Régimes de base

- Régime général des salariés (CNAV)
- Régime des fonctionnaires civils de l'État
- Régime des fonctionnaires militaires de l'État
- Régime des fonctionnaires des collectivités locales et des hôpitaux publics (CNRACL)
- Régime des ouvriers d'État (FSPOEIE)
- Régime des salariés agricoles

[71] Certains régimes sont en extinction, c'est-à-dire qu'ils n'ont plus de cotisants et ne comptent donc que des pensionnés. C'est le cas, par exemple, des régimes des chemins de fer éthiopiens et des chemins de fer secondaires ou du régime des mines.

- Régime des exploitants agricoles
- Régime des professions libérales (CNAVPL)
- Régime des avocats (CNBF)
- Régime des clercs et employés de notaires
- Régime des industries électriques et gazières (IEG)
- Régime de la Banque de France
- Régime de la SNCF
- Régime de la RATP
- Régime des chemins de fer secondaires (ex-CAMR)
- Régime du chemin de fer de l'Hérault
- Régime des chemins de fer éthiopiens
- Régime des régies ferroviaires d'Outre-mer
- Régime des transports urbains tunisiens et marocains
- Régime des marins (ENIM)
- Régime des mines (CANSSM)
- Régime du personnel du régime des mines
- Régime de l'Opéra de Paris
- Régime de la Comédie française
- Régime de la Chambre de commerce et d'industrie de Paris
- Régime de la SEITA
- Régime de l'Imprimerie nationale

- Régime du Conseil économique, social et environnemental
- Régime des députés
- Régime du personnel de l'Assemblée nationale
- Régime des sénateurs
- Régime du personnel du Sénat
- Régime de retraite de la Polynésie française (CPS)
- Régime de retraite de Nouvelle-Calédonie (CAFAT)
- Régime de retraite de Wallis-et-Futuna (CPSWF)
- Régime de retraite de Saint-Pierre et Miquelon (CPS)
- Régime de retraite de Mayotte (CSSM)

Régimes complémentaires ou additionnels

- Régime complémentaire des salariés AGIRC-ARRCO
- Régime complémentaire des agents publics contractuels et des élus locaux (IRCANTEC)
- Régime additionnel de la fonction publique (RAFP)
- Régime complémentaire des exploitants agricoles
- Régime complémentaire des indépendants

- Régime complémentaire du personnel navigant (CRPNPAC)
- Régime complémentaire des avocats
- Régime additionnel des enseignants du privé
- Régime complémentaire des auteurs et compositeurs dramatiques (RACD)
- Régime complémentaire de l'enseignement et de la création (IRCEC)
- Régime complémentaire des auteurs et compositeurs lyriques (RACL)
- Régime complémentaire des chirurgiens-dentistes et des sages-femmes (CARCDSF)
- Régime ASV des chirurgiens-dentistes
- Régime ASV des sages-femmes
- Régime complémentaire des médecins (CARMF)
- Régime ASV des médecins
- Régime complémentaire des auxiliaires médicaux (CARPIMKO)
- Régime ASV des auxiliaires médicaux
- Régime complémentaire des vétérinaires (CARPV)
- Régime complémentaire des agents généraux d'assurance (CAVAMAC)
- Régime complémentaire des experts comptables et des commissaires aux comptes (CAVEC)
- Régime complémentaire des officiers minis-

tériels, des officiers publics
et des compagnies judiciaires (CAVOM)

- Régime complémentaire des pharmaciens (CAVP)
- Régime ASV des pharmaciens
- Régime complémentaire des notaires (CRPN)
- Régime complémentaire des autres professions libérales (CIPAV)

BIBLIOGRAPHIE DE PIERRE-ÉDOUARD DU CRAY

Articles, études et ouvrages universitaires et scientifiques

- « Les députés de l'Assemblée nationale sont-ils et doivent-ils être représentatifs de la population française ? » (en collaboration avec M. le professeur Bertrand Lemennicier), European Public Choice Society (EPCS), 37 p., Université de Durham, 2005
- « La surcompensation : une dérive du modèle social français », *Droit social*, n° 12 – décembre 2006, pp. 1170-1175
- « Solidarité intergénérationnelle : payer pour les dieux du stade ou les vieux au dernier stade ? », en collaboration avec M. Xavier Badin, in *Finances publiques*, Panorama du droit, Studyrama, 2007, pp. 105-116

- « Rendez l'argent ! Les organisations de défense des contribuables », in *Les forces syndicales françaises*, ouvrage collectif sous la direction de MM. Guillaume Bernard et Jean-Pierre Deschodt, collection Major - service public, PUF, 2010, pp. 307-315
- Contribution au *Dictionnaire de la politique et de l'administration*, ouvrage collectif sous la direction de MM. Guillaume Bernard, Jean-Pierre Deschodt et de M. le professeur Michel Verpeaux, collection Major - service public, PUF, 2011, pp. 254-256
- « Retraites : le surprenant modèle américain », in *États-Unis : l'hyperpuissance en danger*, *France Forum*, septembre - octobre 2012
- La *compensation entre régimes de sécurité sociale : l'exemple de la branche vieillesse*, préface de M. le Professeur Jean-Baptiste Geffroy, tome 58, Bibliothèque de finances publiques et fiscalité, LGDJ, 2014, p. 495
- « L'insuffisance de moyens dans le droit de la responsabilité administrative », *Droit administratif*, revue mensuelle du Juris-Classeur, LexisNexis, mai 2014, pp 11-18
- « Une curiosité juridique : la décote des

pensions de retraite à l'épreuve du principe d'égalité », *La Semaine juridique - Social*, n° 1-2, 2015, 1-2, pp. 23-28

- Note sous le jugement du TGI de Paris du 12 mai 2015, RG n° 12/00614, « Union des familles pour les retraites (UFP-retraites) », *La Semaine juridique* - Social, n° 39, 2015, pp. 38-41
- Note sous la décision du Conseil constitutionnel, du 20 octobre 2015, « Caisse autonome de retraite des médecins de France », n° 2015-495 QPC, *AJDA*, n° 4/2016, pp. 221-223
- Contribution au *Dictionnaire encyclopédique de finances publiques*, ouvrage collectif sous la direction de M. le professeur Gilbert Orsoni, *Économica*, 2017
- « Histoire d'un malentendu : la vraie-fausse retraite des fonctionnaires », étude et analyses n° 58, Sauvegarde Retraites, mai 2018
- « Retraite des fonctionnaires : toujours plus ! », étude et analyses n° 60, Sauvegarde Retraites, février 2019
- « Les enjeux originels de la réforme des retraites », étude et analyses n° 61, Sauvegarde Retraites, mai 2020

LEXIQUE

Annuité

L'annuité est une unité de compte qui permet de comptabiliser les droits à la retraite des affiliés. Dans un régime par annuités, les cotisations versées permettent de valider des annuités ou des trimestres, le montant de la retraite est alors calculé en fonction de la durée d'activité. Dites-moi combien de temps vous avez travaillé (et combien vous gagniez) et je vous dirai combien vous allez percevoir à la retraite. Dans le cadre des réformes à l'étude, les annuités sont souvent comparées et opposées aux points, qui sont une autre unité de compte (voir : « Point retraite »).

Bonification d'annuités

Annuités ou trimestres octroyés gratuitement à certains affiliés sans qu'ils aient travaillé ou cotisé en contrepartie. Ces bonifications permettent à ceux qui en bénéficient de partir plus tôt à la retraite sans subir de décote. Elles sont essentiellement distribuées dans les régimes spéciaux des fonctionnaires et des autres agents publics.

Budgétisation
Système de gestion des retraites dans lequel les pensions sont directement financées par les fonds de l'employeur, le plus souvent en situation de monopole public. *In fine*, les pensions sont payées par l'impôt, donc, le contribuable. Ex. : régimes des fonctionnaires, SNCF, RATP, etc.

Capitalisation
Système de gestion des retraites dans lequel les cotisations sont épargnées pour financer, à terme, les prestations des cotisants. À la retraite, ces derniers bénéficient alors du capital et de ses intérêts.

Catégorie « active » de la fonction publique
Catégorie d'agents de la fonction publique de l'État, territoriale ou hospitalière, ou d'agents d'entreprises chargées d'un service public (SNCF, RATP, industries électriques et gazières, etc.) qui bénéficie d'un départ à la retraite anticipé (52 ou 57 ans) au taux plein (pour une carrière complète), dérogatoire au droit commun.

Compensation entre régimes de retraite

Dans un système de retraite par répartition composé de plusieurs régimes, la compensation est une technique financière qui consiste à opérer des transferts : les régimes dont les ressortissants sont les plus jeunes et disposent des revenus les plus élevés doivent payer pour les régimes qui, au contraire, comptent des affiliés plus âgés et dont les revenus sont plus modestes. À défaut d'unité, une péréquation financière est ainsi instituée. Cette solidarité forcée entre régimes émiettés est une spécificité française. Le principal dispositif de compensation a été instauré par la loi n° 74-1094 du 24 décembre 1974 : c'est la compensation généralisée vieillesse entre régimes de base. En 2019, le montant des transferts financiers qu'elle a produits s'est élevé à 6,7 milliards d'euros.

Cotisation définie / prestation définie

La distinction entre régime à « cotisation définie » et régime à « prestation définie » est essentielle. Dans un régime à prestation définie, le montant des pensions est défini à l'avance. Par exemple, dans le régime des fonctionnaires, la pension correspond à 75 % du salaire de référence pour une carrière complète (calculé sur les six derniers mois). Dans de tels régimes, les recettes constituent la variable d'ajustement. Si le nombre de retraités augmente, il faut alors augmenter les cotisations ou prévoir des compléments budgétaires (subventions publiques, taxes affectées, etc.). En somme, on fixe la dépense d'abord et les recettes sont ajustées en fonction du niveau de service défini. Dans un régime à cotisation définie, c'est l'inverse : le montant des cotisations est fixé à l'avance, puis les pensions sont servies en fonction des recettes prélevées. Les pensions sont ainsi la variable d'ajustement. Les régimes spéciaux sont des régimes à prestation définie, quand les régimes complémentaires du secteur privé, dont le régime AGIRC-ARRCO des salariés, sont des régimes à cotisation définie.

Décote

Abattement pratiqué sur la pension lorsque les conditions du taux plein (âge et durée de cotisation) ne sont pas remplies. Destiné à l'origine à déterminer équitablement le montant des pensions à verser en fonction de l'âge de départ à la retraite, le mécanisme de la décote a été déréglé par la réforme de 1982, qui a ajouté au critère de l'âge de départ celui de la durée d'activité. Il en est résulté une « double peine » (la pension, déjà moins élevée du fait des trimestres manquants, est par surcroît rabotée par l'effet de la décote), qui pénalise souvent des aléas de carrière subis (chômage, longue maladie) ou légitimes (interruption temporaire d'activité pour aider un proche ou élever des enfants...) et introduit ainsi des discriminations entre les retraités, dont les femmes sont principalement victimes.

FSV

Créé en 1993, le Fonds de solidarité vieillesse (FSV), essentiellement alimenté par des ressources fiscales, assume le financement des prestations du minimum vieillesse, des majorations de pension pour enfants et conjoint à charge, des périodes de service militaire ou civil, ainsi que les validations d'assurance vieillesse au titre du chômage, de l'activité partielle, des périodes d'apprentissage et de stages de formation professionnelle… Mais, dès l'origine, l'État a utilisé le FSV pour dissimuler les déficits publics et la dette sociale, par des pratiques de vases communicants qui ne sont pas sans évoquer le jeu de bonneteau et s'apparentent à ce qu'on appelle, dans le secteur privé, de la « cavalerie ». Ainsi ce fonds de « solidarité » a-t-il, par exemple, siphonné la Caisse nationale des allocations familiales (CNAF) pour financer des prestations retraites.

Plafond de la Sécurité sociale (PASS)
Barème utilisé pour calculer certaines prestations sociales, comme les pensions d'assurance vieillesse du régime général et l'assiette de cotisations sociales plafonnées. Le plafond annuel est actuellement fixé à 41 136 € (2021).

Point retraite
Le point est une unité de compte qui permet de comptabiliser les droits à la retraite des affiliés. Dans un régime par points, les cotisations retraite permettent d'acquérir des points. Ces points sont cumulés sur un compte et le jour de la liquidation de la retraite, ils sont convertis en rente. Autrement dit, dites-moi combien vous avez

cotisé – combien vous avez cumulé de points – je vous dirai combien vous percevrez à la retraite. Dans le cadre des réformes à l'étude, les annuités sont souvent comparées et opposées aux points, qui sont une autre unité de compte (voir : « Annuité »).

RAFP

Le régime additionnel de la fonction publique est un régime complémentaire de retraite réservé aux fonctionnaires, qui a été créé dans le cadre de la réforme « Fillon » (loi n° 2003-775 du 21 août 2003). L'assiette de cotisation se limite aux primes et indemnités des fonctionnaires (dans la limite de 20 % du traitement de base). Le régime fonctionne en capitalisation collective. Sa gestion a été confiée à un établissement public administratif, l'ERAFP, qui lui-même dépend de la Caisse des dépôts et consignations. Le Conseil d'orientation des retraites prévoit que ses actifs atteindront près de 100 milliards d'euros en 2050.

Réforme paramétrique / réforme systémique

Une réforme est dite paramétrique lorsqu'elle ne transforme pas l'architecture d'un système de retraite et ne modifie que la valeur des paramètres spécifiés dans le règlement de la caisse de retraite : niveau des cotisations, durée d'assurance pour le taux plein, âge de départ, révision des décotes et/ou des surcotes, variation du nombre des « meilleures années » pour calculer la pension, etc. *A contrario*, une réforme est désignée comme systémique ou structurelle lorsqu'elle modifie la structure même du régime de retraite : passage d'un système d'annuités à un système par points ou du principe des prestations définies à celui des cotisations définies, abandon d'une conception statutaire au profit d'une conception assurantielle, etc. Depuis 1993, les gouvernements successifs ont opéré cinq réformes paramétriques, en prétendant bien souvent réaliser une « grande réforme » destinée à régler sur le long terme le problème des retraites. Toujours promise, cette réforme systémique n'a jamais été réalisée.

Régime contributif

Un régime est dit contributif quand la pension servie à la retraite est la contrepartie de contributions fournies par l'assuré pendant sa vie active (cotisations, mais aussi éducation d'enfants qui deviendront eux-mêmes de futurs contributeurs...). Son montant est proportionnel à cet effort contributif.

Régime général

On désigne aujourd'hui par « régime général » le régime de retraites des salariés du secteur privé. Géré par la Caisse nationale d'assurance vieillesse (CNAV) et ses seize caisses régionales, il constitue la branche vieillesse du régime général de la sécurité sociale. Cependant ce « régime » n'a de « général » que le nom. En effet, si l'ordonnance du 4 octobre 1945 a fixé le cadre d'un régime unique et ainsi prévu une unification progressive de tous les régimes de retraite, cette unité ne s'est jamais réalisée dans les faits, de nombreuses professions étant parvenues à conserver leur propre régime. Aujourd'hui, le régime dit « général » rassemble 70 % des cotisants à un régime de base, soit 18,7 millions d'affiliés, et assure moins de 40 % des dépenses retraite.

Régime rétributif

Dans un régime rétributif, le niveau de la pension n'est pas calculé en fonction de la contribution fournie. C'est le cas notamment des régimes spéciaux du secteur public, statutaires, dans lesquels la pension est calculée sur la base des derniers traitements d'activité. La pension s'apparente à une rémunération différée et non pas à une prestation sociale.

Régimes spéciaux

Au sens de l'art. 17 al. 2 et 3 de l'ordonnance du 4 octobre 1945 (art. L. 711-13 du code de la sécurité sociale), les régimes spéciaux sont les régimes qui existaient antérieurement à cette ordonnance qui institua la sécurité sociale dans sa forme moderne, et qui n'ont pas intégré le régime général. Il s'agit, pour le plus grand nombre, de régimes statutaires, au sens où les avantages retraite sont directement liés au statut de l'employé et constituent un élément du système de rémunération de l'entreprise ou de la branche d'activité.

4,25 millions de retraités sont affiliés à des régimes spéciaux, en très grande majorité issus du secteur public.

Rendement d'un régime

Dans les régimes par points, le rendement

traduit, pour une année donnée, le rapport entre la valeur de service du point et son prix d'achat (celui-ci étant le produit du salaire de référence multiplié par le taux d'appel en vigueur). Cette notion permet de mesurer la générosité d'un régime. Ainsi, les rendements de l'AGIRC-ARRCO ont-ils chuté de cinq points en vingt-cinq ans, passant de près de 11 % à 6 %.

Répartition
Système de gestion des retraites dans lequel les cotisations obligatoires des actifs sont immédiatement redistribuées sous forme de pensions aux retraités du moment. Exemple : régime général des salariés (CNAV), régime de base des professions libérales (CNAVPL).

Salaire de référence
Dans les régimes par points, le salaire de référence est le prix d'achat d'un point. Il est fixé à 1,2714 € en 2020 à l'AGIRC-ARRCO. Toutefois, pour pouvoir équilibrer les comptes, ces régimes complémentaires ont introduit un « taux d'appel », actuellement fixé à 127 %, qui majore la cotisation sans ouvrir droit à des points supplémentaires.
Lorsque l'affilié liquidera sa pension, celle-ci

sera calculée en multipliant le nombre de points de retraite qu'il aura acquis au long de sa carrière par la valeur du point à la date de la liquidation (dite valeur de service).

Surcote

Majoration de la pension obtenue lorsque l'affilié a prolongé son activité au-delà de l'âge et du nombre de trimestres requis pour obtenir le taux plein.

Taux plein

Taux auquel la pension de base peut être liquidée, sous réserve d'avoir atteint un certain âge (généralement 62 ans) et rempli une condition de durée d'assurance (entre 161 trimestres pour les personnes nées en 1949, et 172 trimestres pour celles nées à partir de 1973).

Le taux plein est fixé à 50 % de la rémunération moyenne des 25 meilleures années de carrière (dans la limite du plafond de la sécurité sociale) dans le régime général des salariés, et à 75 % de la rémunération des six derniers mois de traitement (hors certaines primes) dans les régimes spéciaux du secteur public (fonctionnaires compris).

TABLE DES MATIÈRES

Achevé d'imprimer en mars 2021
sur les presses de
La Manufacture - Imprimeur – 52200 Langres
Tél. : (33) 325 845 892

N° imprimeur : 220243 - Dépôt légal : mars 2021
Imprimé en France